DIZAIN

POÉTIQUE

PAR

CÉSAR CAJON

Membre de l'Académie poétique de France.

PARIS

LIBRAIRIE ANCIENNE ET MODERNE

EDOUARD ROUVEYRE

1, Rue des Saints-Pères, 1

—

1880

DIZAIN

POÉTIQUE

PAR

CÉSAR CAJON

Membre de l'Académie poétique de France.

PARIS

LIBRAIRIE ANCIENNE ET MODERNE

EDOUARD ROUVEYRE

1, Rue des Saints-Pères, 1

—

1880

Nimes, imp. ROGER et LAPORTE, place Saint-Paul, 5.

DIZAIN POÉTIQUE

MON CHEVAL

Voyez ce grand coursier, chamarré de dorure,

Henissant de plaisir lorsqu'il traîne un beau char ;

Et cet autre, couvert d'une riche parure ,

Secouant sa crinière, et fier de son allure ,

Soit qu'il porte une reine, un prince ou bien le czar,

Ou qu'il mène au combat un despote César.

Mais toi, qui fus dressé pour la rude culture ,

Tu n'es pas si fringant, ô mon pauvre Péchar !

A chaque instant du jour tu partages ma peine ,

Et c'est bien fatiguant, le travail de la plaine !

Tu n'es pas élégant, tu n'as pas un grand nom ,

Car tu ne fus jamais qu'un serviteur champêtre ,

Et Bucéphale était, bien sûr, un plus bel être;

Mais ta tâche est plus noble, ô mon vieux compagnon !

LA DÉLAISSÉE

Comment ! tu veux briser la fleur de ta jeunesse,

Et livrer à la mort un visage aussi beau ?

Je n'entendrai donc plus ton doux chant d'allégresse ?

Pourquoi donc ce charbon, pourquoi donc ce fourneau ?

Pourtant, ton avenir était plein de promesse…

A peine dix-huit ans, et descendre au tombeau !

Je t'en prie, ô ma sœur ! résiste à ta faiblesse !

Pourquoi donc, de la vie, éteindre le flambeau ?

Tu crois, ô tendre cœur ! que je suis insensée,

Quand je suis, ô douleur ! la pauvre délaissée,

Qui succombe à jamais sous le poids des remords.

Va, m'a-t-il dit hier : Je suis sourd à tes larmes ;

J'ai connu, le premier, la valeur de tes charmes :

Tu peux, au plus offrant, vendre à présent ton corps.

MA CAVE

Chaque jour j'y descends ; trois fois j'en prends la route :
Je vais, comme Bacchus, sur un tonneau m'asseoir.
Je ne me crois pas là, sous la céleste voûte,
Et je n'y compte pas les étoiles du soir ;
Mais j'y compte, en revanche, un bon tas de bouteilles,
Plusieurs tonneaux d'un vin d'une odeur de muscats,
Dont j'admire aujourd'hui les teintes si vermeilles,
Et dont tous mes amis ont toujours fait grand cas.
Ma cave est bien voûtée, elle est large et profonde ;
C'est bien le seul endroit où mon espoir se fonde,
Et je pose le pied sur son dernier degré,
Avec plus de plaisir que s'il était d'un trône ;
Oui, ma chère bouteille est la seule matrone
Qui me laisse le droit de l'aimer à mon gré

BORDEAUX

Voyez vous cette ville aux tourelles antiques,
Ses places et ses quais, et ses quartiers si beaux,
Sa belle cathédrale aux ogives gothiques,
Son théâtre et son pont, ses arches magnifiques ;
La Garonne à ses pieds qui déroule ses eaux.
Avec son port profond parsemé de vaisseaux
Et ses bons habitants aux regards pacifiques :
Tout ce plan merveilleux, en un mot, c'est Bordeaux.
Salut, belle Cité, chef-lieu de la Gironde !
Tu sembles te mirer dans le cristal de l'onde.
Salut aux Bordelais, aux amis diligents
Qui font de leurs raisins des vins si délectables ;
C'est donc cet enchanteur qui rode sur vos tables,
Qui fait tant naître ici d'êtres intelligents !

MON VERRE

J'aime à le voir tout plein du doux jus de la treille ;

D'un vin bien capiteux, bien sec et pétillant ;

D'un vin, quand j'en ai bu, qui fait que je sommeille,

Qui redonne à mon teint une couleur vermeille

Et colore mon nez d'un tout léger brillant.

Plein d'un vin qui réchauffe et nous rend plus vaillant !

C'est le lait du vieillard : au fond de sa bouteille,

Il laisse ses chagrins et redevient bouillant.

Remplis donc, ô ma mie ! oh ! remplis donc mon verre !

Comme le troubadour et comme le trouvère,

Je chanterai l'amour, je chanterai le vin ;

Et le vin de Bourgogne et le vin de Champagne,

Et nous saluerons tous cette riche campagne

Où la grappe mûrit, d'où sort le jus divin.

ENCORE 16 MAI !

La République enfin a pris le gouvernail,

Et d'un rayon d'espoir ce beau jour se colore.

Le radical n'est plus un sombre épouvantail,

Et l'on entend, au loin, le grand bruit du travail :

C'est le bruit du marteau sur l'enclume sonore.

Notre France est heureuse, et l'artisan s'honore

D'envoyer ses produits circuler sur le rail.

Mais — nous en frémissons — on en reparle encore

De ce gouvernement, ce règne de combat :

Contre les coups du sort sans cesse il se débat ;

Il machine dans l'ombre, intrigant, sombre, occulte ;

Brise nos libertés de son bras criminel.

Poussant le fameux char du pouvoir personnel,

Il se redresse mieux lorsqu'on croit à sa chute.

LA FRANCE EN 1870

Elle était là, couchée, encor toute sanglante,

Et dans ses flancs chéris, bien des fois triomphants,

Le glaive était resté ; la plaie était béante,

Des derniers coups portés encore frémissante.

Sur son sein entr'ouvert reposaient ses enfants.

Son vainqueur appuyait le talon sur son flanc,

Et sa robe, si belle et toujours éclatante,

Etait mise à morceaux encor teinte de sang.

Il regardait toujours, de son regard farouche,

Sa victime tombée, et le rire à la bouche,

Son ennemi cruel disait : « Elle a vécu ! »

Oui.... Ce vainqueur disait à son triste entourage :

« C'est la force, enfantée aujourd'hui par la rage,

» Qui doit primer le droit : écrasons le vaincu ! »

LA POULE & SES POUSSINS

Venez voir, au printemps, là, dans nos basses-cours,

D'un amour plein d'ardeur un merveilleux modèle ;

De cet amour dont rien ne détourne le cours,

De la tendresse enfin qui n'est jamais à court !

La poule, à ses poussins, mère est toujours fidèle :

Si le ciel s'obscurcit, elle entr'ouvre son aile ;

Paraît-il un danger, vivement elle accourt,

Jette un cri de défi, ne craint plus rien pour elle.

Si l'oiseau carnassier vient à planer dans l'air,

De sa rapacité menaçant sa couvée,

La poule, si craintive, est la bien éprouvée :

Elle s'élance, alors, prompte comme l'éclair.

Ce n'est plus cette poule innocente et timide :

C'est l'amour maternel qui la rend intrépide.

LE RÉVEIL

AU COMITÉ DES CONCOURS DE BORDEAUX

Puisque nos vaillants chefs font entendre leur voix,

Nous accourons ici sans bouclier ni lance,

Et nous venons combattre à ces joyeux tournois

En saluant, heureux, le réveil de la France !

Nous laisserons encor nos armes en faisceaux ;

Nous irons nous ranger sous sa belle bannière,

Mais, comme des enfants sortant de leurs berceaux,

Votre génie, à tous, servira de lumière.

Et puisque votre lyre a sonné le réveil,

Nous, la jeune phalange, écoutant ce conseil,

Ecoutant de vos voix les chants patriotiques,

Nous irons donc chanter dans le sacré vallon,

Mais marchant à pas lents au séjour d'Apollon,

Vous serez indulgents pour nos chants poétiques.

LE LIS

J'aime le doux parfum de sa fleur odorante,
J'aime à voir le beau lis, sur le bord des ruisseaux
Mirant sa blanche fleur dans cette onde courante,
Et j'aime à voir sa tête au dessus des roseaux
Secouer son pollen, poussière fécondante,
Qui tombe en gerbe d'or sur la nappe des eaux.
J'aime à voir, dans sa fleur l'abeille vigilante
Venir, chaque matin, commencer ses travaux.
Veux-tu, comme le lis à la blanche corolle,
Rester, de la beauté, le glorieux symbole?
Veux-tu, ma belle enfant, conserver ta fraîcheur
Et rester toujours grande en ta magnificence ?
Prends garde que ta robe, emblême d'innocence,
Ne traîne dans la boue et perde sa blancheur !

ACADÉMIE POÉTIQUE

DE FRANCE

— Pour être reçu membre de l'Académie poétique de France, il suffit d'adresser quelques poésies au secrétaire-perpétuel.

— Le versement de la somme de **SIX** francs par an pour la France, et de **SEPT** francs pour l'étranger est seul obligatoire.

— Le journal *les Voix de la Patrie*, revue bi-mensuelle de l'Académie, rédigé par les membres de la Société, est envoyé franco et sans autre débours, à tous les membres de l'Académie.

— Des diplômes, des insignes et des médailles sont à la disposition des sociétaires.

— Deux concours de poésie et de prose sont ouverts chaque année. Clôture : 30 juin et 31 décembre.

Adresser les adhésions à M. Antonin MARTIN, officier d'Académie, secrétaire-perpétuel, château de Clausonne à Bernis (Gard).

Nimes, imp. Roger et Laporte, place Saint-Paul, 5.